이 지나친 시련,
이 지나친 피로

윤동주

이 지나친 시련,
이 지나친 피로

1판 1쇄 발행   2017년 4월 5일

지은이   윤동주

펴낸곳   현자의숲
전화   02) 2646-8276
등록   2011년 7월 20일 제 313-2011-204호
주소   서울시 강서로 33가길 18
E-mail   goodbook2011@naver.com

ISBN   979-11-86500-12-5 (03810)

서   시

죽는 날까지 하늘을 우러러

한점 부끄럼이 없기를,

잎새에 이는 바람에도

나는 괴로워했다.

별을 노래하는 마음으로

모든 죽어가는 것을 사랑해야지

그리고 나한테 주어진 길을

걸어가야겠다.

오늘밤에도 별이 바람에 스치운다.

산모퉁이를 돌아 논가 외딴 우물을
홀로 찾아가선 가만히 들여다봅니다.

우물 속에는 달이 밝고 구름이 흐르고
하늘이 펼치고 파아란 바람이 불고
가을이 있습니다.

그리고 한 사나이가 있습니다.
어쩐지 그 사나이가 미워져 돌아갑니다.

돌아가다 생각하니 그 사나이가 가엾어집니다.
도로 가 들여다보니 사나이는 그대로 있습니다.

다시 그 사나이가 미워져 돌아갑니다.
돌아가다 생각하니 그 사나이가 그리워집니다.

우물 속에는 달이 밝고 구름이 흐르고
하늘이 펼치고 파아란 바람이 불고
가을이 있고 추억처럼 사나이가 있습니다.

여기저기서 단풍잎 같은 슬픈 가을이 뚝뚝 떨어신나.
단풍잎 떨어져 나온 자리마다 봄을 마련해 놓고 나
뭇가지 위에 하늘이 펼쳐 있다. 가만히 하늘을 들여
다보려면 눈썹에 파란 물감이 든다. 두 손으로 따뜻
한 볼을 쓸어 보면 손바닥에도 파란 물감이 묻어난
다. 다시 손바닥을 들여다본다. 손금에는 맑은 강물
이 흐르고, 맑은 강물이 흐르고, 강물 속에는 사랑처
럼 슬픈 얼굴 — 아름다운 순이의 얼굴이 어린다. 소
년은 황홀히 눈을 감아 본다. 그래도 맑은 강물은 흘
러 사랑처럼 슬픈 얼굴 — 아름다운 순이의 얼굴은
어린다.

순이가 떠난다는 아침에 말못할 마음으로 함박눈이 나려, 슬픈 것처럼 창밖에 아득히 깔린 지도 위에 덮힌다. 방안을 돌아다보아야 아무도 없다. 벽과 천정이 하얗다. 방안에까지 눈이 나리는 것일까, 정말 너는 잃어버린 역사처럼 홀홀이 가는 것이냐, 떠나기 전에 일러둘 말이 있던 것을 편지를 써서도 네가 가는 곳을 몰라 어느 거리, 어느 마을, 어느 지붕 밑, 너는 내 마음 속에만 남아 있는 것이냐, 네 쪼고만 발자욱을 눈이 자꾸 나려 덮혀 따라갈 수도 없다. 눈이 녹으면 남은 발자욱 자리마다 꽃이 피리니 꽃 사이로 발자욱을 찾아 나서면 일년 열두 달 하냥 내 마음에는 눈이 나리리라.

세상으로부터 돌아오듯이 이제 내 좁은 방에 돌
아와 불을 끄옵니다. 불을 켜두는 것은 너무나 피
로롭은 일이옵니다. 그것은 낮의 연장이옵기에 —

이제 창을 열어 공기를 바꾸어 들여야 할 텐데 밖
을 가만히 내다보아야 방안과 같이 어두워 꼭 세
상 같은데 비를 맞고 오던 길이 그대로 비속에 젖
어 있사옵니다.

하루의 울분을 씻을 바 없어 가만히 눈을 감으면
마음 속으로 흐르는 소리, 이제 사상이 능금처럼
저절로 익어 가옵니다.

살구나무 그늘로 얼굴을 가리고, 병원 뒷뜰에 누워,
젊은 여자가 흰옷 아래로 하얀 다리를 드러내 놓고
일광욕을 한다. 한나절이 기울도록 가슴을 앓는다
는 이 여자를 찾아오는 이, 나비 한 마리도 없다. 슬
프지도 않은 살구나무가지에는 바람조차 없다.

나도 모를 아픔을 오래 참다 처음으로 이곳에 찾아
왔다. 그러나 나의 늙은 의사는 젊은이의 병을 모른
다. 나한테는 병이 없다고 한다. 이 지나친 시련, 이
지나친 피로, 나는 성내서는 안 된다.

여자는 자리에서 일어나 옷깃을 여미고 화단에서 금잔화 한 포기를 따 가슴에 꽂고 병실 안으로 사라진다. 나는 그 여자의 건강이, 아니 내 건강도 속히 회복되기를 바라며 그가 누웠던 자리에 누워 본다.

새로운   길

내를 건너서 숲으로
고개를 넘어서 마을로

어제도 가고 오늘도 갈
나의 길 새로운 길

민들레가 피고 까치가 날고
아가씨가 지나고 바람이 일고

나의 길은 언제나 새로운 길
오늘도 …… 내일도 ……

내를 건너서 숲으로
고개를 넘어서 마을로

간판 없는 거리

경기장 플랫폼에
내렸을 때 아무도 없어

다들 손님들뿐
손님 같은 사람들뿐

집집마다 간판이 없어
집 찾을 근심이 없어

빨갛게
파랗게
불붙는 문자도 없이

모퉁이마다

자애로운 헌 와사등에

불을 켜놓고

손목을 잡으면

다들, 어진 사람들

다들, 어진 사람들

봄, 여름, 가을, 겨울,

순서로 돌아들고

봄날 아침도 아니고
여름, 가을, 겨울,
그런 날 아침도 아닌 아침에

빨 — 간 꽃이 피어났네
햇빛이 푸른데

그 전날 밤에
그 전날 밤에
모든 것이 마련되었네

사랑은 뱀과 함께
독은 어린 꽃과 함께

또 태초의 아침

하얗게 눈이 덮이었고
전신주가 잉잉 울어
하나님 말씀이 들려온다.

무슨 계시일까.

빨리
봄이 오면
죄를 짓고
눈이
밝아

이브가 해산하는 수고를 다하면

무화과 잎사귀로 부끄런 데를 가리고

나는 이마에 땀을 흘려야겠다.

새벽이 올 때까지

다들 죽어가는 사람들에게
검은 옷을 입히시오.

다들 살아가는 사람들에게
흰 옷을 입히시오.

그리고 한 침대에
가지런히 잠을 재우시오.

다들 울거들랑

젖을 먹이시오.

이제 새벽이 오면

나팔소리 들려올 게외다.

무서운   시간

거 나를 부르는 것이 누구요

가랑잎 이파리 푸르러 나오는 그늘인데
나 아직 여기 호흡이 남아 있소.

한 번도 손들어 보지 못한 나를
손들어 표할 하늘도 없는 나를

어디에 내 한 몸 둘 하늘이 있어
나를 부르는 것이오.

일이 마치고 내 죽는 날 아침에는

서럽지도 않은 가랑잎이 떨어질 텐데……

나를 부르지 마오.

십   자   가

쫓아오던 햇빛인데
지금 교회당 꼭대기
십자가에 걸리었습니다.

첨탑이 저렇게도 높은데
어떻게 올라갈 수 있을까요.

종소리도 들려오지 않는데
휘파람이나 불며 서성거리다가

괴로웠던 사나이
행복한 예수 그리스도에게처럼
십자가가 허락된다면

모가지를 드리우고
꽃처럼 피어나는 피를
어두워 가는 하늘밑에
조용히 흘리겠습니다.

바람이   불어

바람이 어디로부터 불어와
어디로 불려가는 것일까

바람이 부는데
내 괴로움에는 이유가 없다

내 괴로움에는 이유가 없을까

단 한 여자를 사랑한 일도 없다
시대를 슬퍼한 일도 없다

바람이 자꾸 부는데
내 발이 반석 위에 섰다

강물이 자꾸 흐르는데
내 발이 언덕 위에 섰다

흰 수건이 검은 머리를 두르고
흰 고무신이 거친 발에 걸리우다.

흰 저고리 치마가 슬픈 몸집을 가리고
흰 띠가 가는 허리를 질끈 동이다.

눈　감고　간다

태양을 사모하는 아이들아
별을 사랑하는 아이들아

밤이 어두웠는데
눈감고 가거라.

가진 바 씨앗을
뿌리면서 가거라.

발뿌리에 돌이 채이거든
감았던 눈을 와짝 떠라.

또   다른   고향

고향에 돌아온 날 밤에
내 백골이 따라와 한 방에 누웠다.

어둔 방은 우주로 통하고
하늘에선가 소리처럼 바람이 불어온다.

어둠 속에 곱게 풍화작용하는
백골을 들여다보며
눈물짓는 것이 내가 우는 것이냐
백골이 우는 것이냐
아름다운 혼이 우는 것이냐

지조 높은 개는

밤을 새워 어둠을 짖는다.

어둠을 짖는 개는

나를 쫓는 것일 게다.

가자 가자

쫓기우는 사람처럼 가자.

백골 몰래

아름다운 또 다른 고향에 가자.

길

잃어 버렸습니다.
무얼 어디다 잃었는지 몰라
두 손이 주머니를 더듬어
길에 나아갑니다.

돌과 돌과 돌이 끝없이 연달아
길은 돌담을 끼고 갑니다.

담은 쇠문을 굳게 닫아
길 위에 긴 그림자를 드리우고

길은 아침에서 저녁으로
저녁에서 아침으로 통했습니다.

돌담을 더듬어 눈물짓다

쳐다보면 하늘은 부끄럽게 푸릅니다.

풀 한 포기 없는 이 길을 걷는 것은

담 저쪽에 내가 남아 있는 까닭이고

내가 사는 것은, 다만

잃은 것을 찾는 까닭입니다.

별　　　헤는　　　밤

계절이 지나가는 하늘에는

가을로 가득 차 있습니다.

나는 아무 걱정도 없이

가을 속의 별들을 다 헤일 듯합니다.

가슴 속에 하나 둘 새겨지는 별을

이제 다 못 헤는 것은

쉬이 아침이 오는 까닭이요,

내일 밤이 남은 까닭이요,

아직 나의 청춘이 다하지 않은 까닭입니다.

별 하나에 추억과

별 하나에 사랑과

별 하나에 쓸쓸함과

별 하나에 동경과

별 하나에 시와

별 하나에 어머니, 어머니,

어머님, 나는 별 하나에 아름다운 말 한마디씩 불러
봅니다. 소학교 때 책상을 같이 했던 아이들의 이름
과, 패, 경, 옥 이런 이국소녀들의 이름과 벌써 애기
어머니 된 계집애들의 이름과, 가난한 이웃사람들
의 이름과, 비둘기, 강아지, 토끼, 노새, 노루, 프란
시스 잠, 라이너 마리아 릴케. 이런 시인의 이름을
불러봅니다.

이네들은 너무나 멀리 있습니다.

별이 아슬히 멀 듯이,

어머님,

그리고 당신은 멀리 북간도에 계십니다.

나는 무엇인지 그리워

이 많은 별빛이 나린 언덕 위에

내 이름자를 써보고,

흙으로 덮어 버리었습니다.

딴은 밤을 새워 우는 벌레는

부끄러운 이름을 슬퍼하는 까닭입니다.

그러나 겨울이 지나고 나의 별에도 봄이 오면

무덤 위에 파란 잔디가 피어나듯이

내 이름자 묻힌 언덕 위에도

자랑처럼 풀이 무성할 게외다.

황혼이 짓어지는 길모금에서
하루 종일 시들은 귀를 가만히 기울이면
땅거미 옮겨지는 발자취소리

발자취소리를 들을 수 있도록
나는 총명했던가요.

이제 어리석게도 모든 것을 깨달은 다음
오래 마음 깊은 속에
괴로워하던 수많은 나를
하나, 둘 제 고장으로 돌려보내면
거리모퉁이 어둠 속으로
소리없이 사라지는 흰 그림자

흰 그림자들

연연히 사랑하던 흰 그림자들

내 모든 것을 돌려보낸 뒤

허전히 뒷골목을 돌아

황혼처럼 물드는 내 방으로 돌아오면

신념이 깊은 의젓한 양처럼

하루 종일 시름없이 풀포기나 뜯자.

봄이 오던 아침, 서울 어느 쪼그만 정거장에서
희망과 사랑처럼 기차를 기다려

나는 플랫폼에 간신한 그림자를 떨어트리고
담배를 피웠다.

내 그림자는 담배연기 그림자를 날리고
비둘기 한 떼가 부끄러울 것도 없이
나래 속을 속, 속, 햇빛에 비춰, 날았다.

기차는 아무 새로운 소식도 없이
나를 멀리 실어다 주어

봄은 다 가고 — 동경 교외 어느 조용한 하숙방
에서, 옛 거리에 남은 나를 희망과 사랑처럼
그리워한다.

오늘도 기차는 몇 번이나 무의미하게 지나가고

오늘도 나는 누구를 기다려 정거장 가차운
언덕에서 서성거릴 게다.

— 아아 젊음은 오래 거기 남아 있거라.

으스림히 안개가 흐른다. 거리가 흘러샇나. 서
전차, 자동차, 모든 바퀴가 어디로 흘리워가는
것일까? 정박할 아무 항구도 없이, 가런한 많
은 사람들을 싣고서, 안개 속에 잠긴 거리는,

거리모퉁이 붉은 포스트상자를 붙잡고, 섰을
라면 모든 것이 흐르는 속에 어렴풋이 빛나는
가로등, 꺼지지 않는 것은 무슨 상징일까? 사
랑하는 동무 박이여! 그리고 김이여! 자네들은
지금 어디 있는가? 끝없이 안개가 흐르는데,

「새로운 날 아침 우리 다시 정답게 손목을 잡아

보세.」 몇 자 적어 포스트 속에 떨어트리고, 밤을

새워 기다리면 금휘장에 금단추를 삐었고 거인처

럼 찬란히 나타나는 배달부,

아침과 함께 즐거운 내림

이 밤을 하염없이 안개가 흐른다.

쉽게 씌어진 시

창밖에 밤비가 속살거려
육첩방은 남의 나라.

시인이란 슬픈 천명인 줄 알면서도
한 줄 시를 적어볼까.

땀내와 사랑내 포근히 품긴
보내주신 학비 봉투를 받아

대학 노―트를 끼고
늙은 교수의 강의 들으러 간다.

생각해보면 어린 때 동무를
하나, 둘, 죄다 잃어버리고

나는 무얼 바라

나는 다만, 홀로 침전하는 것일까?

인생은 살기 어렵다는데

시가 이렇게 쉽게 씌어지는 것은

부끄러운 일이다.

육첩방은 남의 나라

창밖에 밤비가 속살거리는데

등불을 밝혀 어둠을 조금 내몰고

시대처럼 올 아침을 기다리는 최후의 나.

나는 나에게 적은 손을 내밀어

눈물과 위안으로 잡는 최초의 악수.

봄

봄이 혈관 속에 시내처럼 흘러
돌, 돌, 시내 가차운 언덕에
개나리, 진달래, 노-란 배추꽃

삼동을 참아온 나는
풀포기처럼 피어난다.

즐거운 종달새야
어느 이랑에서나 즐거웁게 솟쳐라.

푸르른 하늘은
아른, 아른, 높기도 한데 ……

참　　　회　　　록

파란 녹이 낀 구리 거울 속에

내 얼굴이 남아있는 것은

어느 왕조의 유물이기에

이다지도 욕될까.

나는 나의 참회의 글을 한 줄에 줄이자.

— 만 이십사 년 일 개월을

　무슨 기쁨을 바라 살아왔던가.

내일이나 모레나 그 어느 즐거운 날에

나는 또 한 줄의 참회록을 써야한다.

— 그때 그 젊은 나이에

　왜 그런 부끄런 고백을 했던가.

밤이면 밤마다 나의 거울을
손바닥으로 발바닥으로 닦아보자.

그러면 어느 운석 밑으로 홀로 걸어가는
슬픈 사람의 뒷모양이
거울 속에 나타나온다.

간

바닷가 햇빛 바른 바위 위에
습한 간을 펴서 말리우자.

코카사쓰 산중에서 도망해온 토끼처럼
둘러리를 빙빙 돌며 간을 지키자.

내가 오래 기르던 여윈 독수리야!
와서 뜯어먹어라, 시름없이

너는 살지고
나는 여위어야지, 그러나,

거북이야!
다시는 용궁의 유혹에 안 떨어진다.

프로메테9스 블빙튄 프로베데9스
불 도적한 죄로 목에 맷돌을 달고
끝없이 침전하는 프로메테우스.

못 자는 밤

하나, 둘, 셋, 넷

… … … … …

밤은

많기도 하다.

거미란 놈이 흉한 심보로 병원 뒷뜰 난간과 꽃밭 사
이 사람 발이 잘 닿지 않는 곳에 그물을 쳐놓았다.
옥외요양을 받는 젊은 사나이가 누워서 쳐다보기
바르게—

나비가 한 마리 꽃밭에 날아들다 그물에 걸리었다.
노—란 날개를 파득거려도 파득거려도 나비는 자꾸
감기우기만 한다. 거미가 쏜살같이 가더니 끝없는
끝없는 실을 뽑아 나비의 온몸을 감아버린다. 사나
이는 긴 한숨을 쉬었다.

나이보담 무수한 고생 끝에 때를 잃고 병을 얻은 이
사나이를 위로할 말이— 거미줄을 헝클어 버리는
것밖에 위로의 말이 없었다.

마태복음 5장 3 12

슬퍼하는 자는 복이 있나니

슬퍼하는 자는 복이 있나니

슬퍼하는 자는 복이 있나니

슬퍼하는 자는 복이 있나니

슬퍼하는 자는 복이 있나니

슬퍼하는 자는 복이 있나니

슬퍼하는 자는 복이 있나니

슬퍼하는 자는 복이 있나니

저희가 영원히 슬플 것이오.

괴로운 사람아 괴로운 사람아

옷자락 물결 속에서도

가슴속 깊이 돌돌 샘물이 흘러

이 밤을 더불어 말할 이 없도다.

거리의 소음과 노래 부를 수 없도다.

그신 듯이 냇가에 앉았으니

사랑과 일을 거리에 맡기고

가만히 가만히

바다로 가자.

바다로 가자.

장미 병들어
옮겨 놓을 이웃이 없도다.

달랑달랑 외로이
황마차 태워 산에 보낼거나

뚜— 구슬피
화륜선 태워 대양에 보낼거나

프로펠러 소리 요란히
비행기 태워 성층권에 보낼거나

이것 저것

다 그만두고

자라가는 아들이 꿈을 깨기 전

이내 가슴에 묻어다오.

달   같   이

연륜이 자라듯이

달이 자라는 고요한 밤에

달같이 외로운 사랑이

가슴하나 뻐근히

연륜처럼 피어나간다.

고   추   밭

시들은 잎새 속에서
고 빨—간 살을 드러내 놓고,
고추는 방년된 아가씬 양
땡볕에 자꾸 익어간다

할머니는 바구니를 들고
밭머리에서 어정거리고
손가락 너어는 아이는
할머니 뒤만 따른다

코 스 모 스

청초한 코스모스는
오직 하나인 나의 아가씨

달빛이 싸늘히 추운 밤이면
옛 소녀가 못 견디게 그리워
코스모스 핀 정원으로 찾아간다.

코스모스는
귀또리 울음에도 수줍어지고

코스모스 앞에선 나는
어렸을 적처럼 부끄러워지나니

내 마음은 코스모스의 마음이요
코스모스의 마음은 내 마음이다.

붉은 이마에 싸늘한 달이 시리어
아우의 얼굴은 슬픈 그림이다.

발걸음을 멈추어
살그머니 애띤 손을 잡으며
「너는 자라 무엇이 되려니」
「사람이 되지」
아우의 설운 진정코 설운 대답이다.

슬며―시 잡았던 손을 놓고
아우의 얼굴을 다시 들여다본다.

싸늘한 달이 붉은 이마에 젖어
아우의 얼굴은 슬픈 그림이다.

이   적

발에 터분한 것을 다 빼어 버리고

황혼이 호수 위로 걸어오듯이

나도 사뿐사뿐 걸어보리이까?

내사 이 호수가로

부르는 이 없이

불리어 온 것은

참말 이적이외다.

오늘따라

연정, 자홀, 시기 이것들이

자꾸 금메달처럼 만져지는구려.

하나, 내 모든 것을 여념없이,

물결에 써서 보내려니

당신은 호면으로 나를 불러내소서.

사랑의   전당

순아 너는 내 전에 언제 들어왔던 것이냐?
내사 언제 네 전에 들어갔던 것이냐?

우리들의 전당은
고풍한 풍습이 어린 사랑의 전당

순아 암사슴처럼 수정눈을 나려 감아라.
난 사자처럼 엉크린 머리를 고루련다.

우리들의 사랑은 한낱 벙어리였다.

청춘!

성스런 촛대에 열한 불이 꺼지기 전

순아 너는 앞문으로 내 달려라.

어둠과 바람이 우리 창에 부닥치기 전

나는 영원한 사랑을 안은 채

뒷문으로 멀리 사라지련다.

이제.

네게는 삼림 속의 아늑한 호수가 있고

내게는 준험한 산맥이 있다.

비오는   밤

쇠 ―철석! 파도소리 문살에 부서져
잠 살포시 꿈이 흩어진다.

잠은 한낱 검은 고래떼처럼 설레어
달랠 아무런 재주도 없다.

불을 밝혀 잠옷을 정성스리 여미는
삼경.
염원.

동경의 땅 강남에 또 홍수질 것만 싶어
바다의 향수보다 더 호젓해진다.

어   머   니

어머니!
젖을 빨려 이 마음을 달래어 주시오.
이 밤이 자꾸 서러워지나이다.

이 아이는 턱에 수염자리 잡히도록
무엇을 먹고 자랐나이까?
오늘도 흰 주먹이
입에 그대로 물려 있나이다.

어머니

부서진 납인형도 슬혀진 지

벌써 오랩니다.

철비가 후누주군이 나리는 이 밤을

주먹이나 빨면서 새우리까?

어머니! 그 어진 손으로

이 울음을 달래어 주시오.

가　　　로　　　수

가로수, 단출한 그늘 밑에
구두술 같은 혓바닥으로
무심히 구두술을 핥는 시름.

때는 오정. 싸이렌,
어디로 갈 것이냐?

□시 그늘은 맴돌고.
따라 사나이도 맴돌고.

휘 —ㄴ 한 방에 유언은 소리없는 입놀림.

— 바다에 진주 캐러 갔다는 아들

평생 외로운 아버지의 운명,

외딴집에 개가 짖고,
휘양찬 달이 문살에 흐르는 밤.

창

쉬는 시간마디
나는 창녘으로 합니다.

— 창은 산 가르침

이글이글 불을 피워주소
이방에 찬 것이 서립니다.

단풍잎 하나
맴도나 보니
아마도 자그만한 선풍이 인 게외다.

그래도 싸느란 유리창에
햇살이 쨍쨍한 무렵
상학종이 울어만 싶습니다.

산협의 오후

내 노래는 오히려
섧은 산울림.

골짜기 길에
떨어진 그림자는
너무나 슬프구나.

오후의 명상은
아— 졸려.

민싱을
굽어보기란 —

무릎이
오들오들 떨린다.

백화
어려서 늙었다.

새가 나비가 된다

정말 구름이
비가 된다.

옷자락이
칩다.

바　　　　　　다

실어다 뿌리는
바람조차 씨원타.

솔나무 가지마다 새춤히
고개를 돌리어 뼈들어지고

밀치고
밀치운다.

이랑을 넘는 물결은
폭포처럼 피어오른다.

해변에 아이들이 모인다

찰찰 손을 씻고 구보로

바다는 가끔 섧어긴디

갈매기의 노래에……

도려다보고 도려다보고

돌아가는 오늘의 바다여!

가칠가칠한 머리칼은 오막살이 처마끝,

휘파람에 콧마루가 서운한 양 간지럽소.

들창같은 눈은 가볍게 닫혀,

이 밤에 연정은 어둠처럼 골골이 스며드오.

호젓한 세기의 날을 따라
알 듯 모를 듯한 데로 거닐고저!

아닌 밤중에 튀기듯이
잠자리를 뛰쳐
끝없는 광야를 홀로 거니는
사람의 심사는 외로우려니

아 — 이 젊은이는
피라미드처럼 슬프구나

소 낙 비

번개, 뇌성, 왁자지근 뚜드려
먼 도회지에 낙뢰가 있어만 싶다.

벼룻장 엎어놓은 하늘로
살 같은 비가 살처럼 쏟아진다.

손바닥만한 나의 정원이
마음같이 흐린 호수되기 일쑤다.

바람이 팽이처럼 돈다.
나무가 머리를 이루 잡지 못한다.

내 경건한 마음을 모셔들여
노아 때 하늘을 한 모금 마시다.

한께 핀 꽃에 처음 익은 능금은
먼저 떨어졌습니다.

오늘도 가을바람은 그냥 붑니다.

길가에 떨어진 붉은 능금은
지나던 손님이 집어갔습니다.

야   행

정각! 마음이 아픈 데 있어 고약을 붙이고

시들은 다리를 끄을고 떠나는 행장

— 기적이 들리잖게 운다.

사랑스런 여인이 타박타박 땅을 굴러 쫓기에

하도 무서워 상가교를 기어 넘다.

— 이제로부터 등산철도

이윽고 사색의 포플러 터널로 들어간다.

시라는 것을 반추하다. 마땅히 반추하여야 한다.

― 저녁 연기가 노을로 된 이후

휘파람부는 햇귀뚜라미의

노래는 마디마디 끊어져

그믐달처럼 호젓하게 슬프다.

니는 노래배울 어머니도 아버지도 없나보다.

― 니는 다리 가는 쬐그만 보헤미안

내사 보리밭 동리에 어머니도 누나도 있다.

그네는 노래부를 줄 몰라

오늘밤도 그윽한 한숨으로 보내리니 ―

산 울 림

까치가 울어서
산울림
아무도 못들은
산울림

까치가 들었다
산울림
저혼자 들었다
산울림

귀뜨라미와   나와

기뜨라미와 나와
잔디밭에서 이야기했다.

귀뜰귀뜰

귀뜰귀뜰

아무게도 알으켜 주지 말고
우리들만 알자고 약속했다.

귀뜰귀뜰

귀뜰귀뜰

귀뜨라미와 나와
달밝은 밤에 이야기했다.

애기의   새벽

우리집에는

닭도 없단다.

다만

애기가 젖달라 울어서

새벽이 된다.

우리집에는

시계도 없단다.

다만

애기가 젖 달라 보채어

새벽이 된다.

해바라기 얼굴

누나의 얼굴은
해바라기 얼굴.
해가 금방 뜨자
일터에 간다.

해바라기 얼굴은
누나의 얼굴.
얼굴이 숙어들어
집으로 온다.

햇빛 · 바람

손가락에 침 발라
쏘―ㄱ, 쏙, 쏙
장에 가는 엄마 내다보려
문풍지를
쏘―ㄱ, 쏙, 쏙

아침에 햇빛이 빤짝,

손가락에 침 발라
쏘―ㄱ, 쏙, 쏙
장에 가신 엄마 돌아오나
문풍지를
쏘―ㄱ, 쏙, 쏙

저녁에 바람이 솔솔.

나　　　무

니무기 춤을 추면
바람이 불고,
나무가 잠잠하면
바람도 자오.

만   돌   이

만돌이가 학교에서 돌아오다가

전봇대 있는 데서

돌재기 다섯 개를 주웠습니다.

전봇대를 겨누고

돌 첫 개를 뿌렸습니다.

— 딱 —

두 개째 뿌렸습니다.

— 아불사 —

세 개째 뿌렸습니다.

— 딱 —

네 개째 뿌렸습니다.

— 아불사 —

다섯 개째 뿌렸습니다.

— 딱 —

다섯 개에 세 개 ……
그만하면 되었다.
내일 시험
다섯 문제에 세 문제만 하면
손꼽아 구구를 하여봐도
허양 육십 점이다.
볼 거 있나 공차러 가자.

그 이튿날 만돌이는
꼼짝 못하고 선생님한테
흰 종이를 바쳤을까요.
그렇잖으면 정말
육십 점을 맞았을까요.

할 아 버 지

왜 떡이 쓴 데도

자꾸 달다고 하오.

개

눈 우에서
개가
꽃을 그리며
뛰오.

반 딋 불

가자, 가자, 가자,
숲으로 가자.
달쪼각을 주으러
숲으로 가자.

그믐밤 반딋불은
부서진 달쪼각

가자, 가자, 가자,
숲으로 가자.
달쪼각을 주으러
숲으로 가자.

둘   다

바나노 푸르고
하늘도 푸르고

바다도 끝없고
하늘도 끝없고

바다에 돌 던지고
하늘에 침 뱉고

바다는 벙글
하늘은 잠잠

거 짓 부 리

똑, 똑, 똑

문 좀 열어주세요

하룻밤 자고 갑시다

밤은 깊고 날은 추운데

거, 누굴까?

문 열어주고 보니

검둥이 꼬리가

거짓부리 한 걸.

꼬끼요 꼬끼요

닭알 낳았다

간난아! 어서 집어가거라

간난이 뛰어가 보니

닭알은 무슨 닭알

고놈의 암탉이

대낮에 새빨간

거짓부리 한 걸.

호 주 머 니

넣을 것 없이

걱정이던

호주머니는

겨울만 되면

주먹 두개 갑북 갑북.

겨 울

처마 밑에
시래기 다람이
바삭바삭
추워요.

길바닥에
말똥 동그래미
달랑 달랑
얼어요.

닭

― 낡은 나래가 커누
왜, 날잖나요
― 아마 두엄 파기에
홀, 잊었나봐.

눈

눈이

새하얗게 와서

눈이

새물새물 하오.

사   과

붉은 사과 한 개를
아버지 어머니
누나, 나, 넷이서
껍질채로 송치까지
다— 노나 먹었소.

눈

지난밤에
눈이 소— 복이 왔네
지붕이랑
길이랑 밭이랑
추워한다고
덮어주는 이불인가 봐

그러기에
추운 겨울에만 나리지

버 선 본

어머니!
누나 쓰다버린 습자지는
두었다간 뭣에 쓰나요?

그런 줄 몰랐더니
습자지에다 내 버선 놓고
가위로 오려
버선본 만드는 걸.

어머니!
내가 쓰다버린 몽당연필은
두었다간 뭣에 쓰나요

그런 줄 몰랐더니
천 위에다 버선본 놓고
침 발라 점을 찍곤
내 버선 만드는 걸.

편   지

누나!
이 겨울에도
눈이 가득히 왔습니다.

흰 봉투에
눈을 한줌 넣고
글씨도 쓰지 말고
우표도 부치지 말고
말쑥하게 그대로
편지를 부칠까요.

누나 가신 나라엔
눈이 아니 온다기에.

개

이 개 더럽잖니
아 — 니 이웃집 덜렁 수캐가
오늘 어슬렁어슬렁 우리집으로 오더니
우리집 바둑이의 밑구멍에다 코를 대고
씩씩 내를 맡겠지 더러운 줄도 모르고,
보기 흉해서 막 차며 욕해 쫓았더니
꼬리를 휘휘 저으며
너희들보다 어떻겠냐 하는 상으로
뛰어가겠지요 나 — 참.

참　　　새

가을 시난 바낭을
백로지인 양
참새들이
글씨공부 하지요

짹, 짹,
입으론
부르면서
두 발로는
글씨공부 하지요

하루 종일
글씨공부 하여도
짹자 한 자
밖에 더 못쓰는 걸

봄

우리 애기는
아래 발추에서 코올코올

고양이는
부뚜막에서 가릉가릉

애기 바람이
나뭇가지에 소올소올

아저씨 햇님이
하늘 한가운데서 째앵째앵

무얼 먹구 사나

바닷가 사람

물고기 잡아먹구 살구

산골엣 사람

감자 구워먹구 살구

별나라 사람

무얼 먹구 사나.

굴   뚝

산골짜기 오막살이 낮은 굴뚝엔
몽기몽기 웬 내굴 대낮에 솟나.

감자를 굽는 게지. 총각 애들이
깜박깜박 검은 눈이 모여 앉아서
입술이 꺼멓게 숯을 바르고
옛이야기 한 커리에 감자 하나씩

산골짜기 오막살이 낮은 굴뚝엔
살랑살랑 솟아나네 감자굽는 내.

비   행   기

머리의 프로펠러가
연자간 풍차보다
더— 빨리 돈다.

땅에서 오를 때보다
하늘에 높이 떠서는
빠르지 못하다
숨결이 찬 모양이야.

비행기는—
새처럼 나래를
펄럭거리지 못한다.
그리고, 늘 —
소리를 지른다
숨이 찬가 봐.

햇   비

아씨처럼 나린다
보슬보슬 햇비
맞아주자, 다같이
옥수숫대처럼 크게
닷자엿자 자라게
햇님이 웃는다
나보고 웃는다

하늘다리 놓였다.
알롱달롱 무지개
노래하자, 즐겁게
동무들아 이리 오나
다같이 춤을 추자
햇님이 웃는다
즐거워 웃는다

빗 자 루

요―리조리 베면 지고리 되고
이―렇게 베면 큰총 되지.
누나하구 나하구
가위로 종이 쏠았더니
어머니가 빗자루 들고
누나 하나 나 하나
볼기짝을 때렸소
방바닥이 어지럽다고―

아니 아 — 니

고놈의 빗자루가

방바닥 쓸기 싫으니

그랬지 그랬어

괘씸하여 벽장 속에 감췄더니

이튿날 아침 빗자루가 없다고

어머니가 야단이지요.

비오는날 서녘에 기왓장내외
잃어버린 외아들 생각나선지
꼬부라진 잔등을 어루만지며
쭈룩쭈룩 구슬피 울음웁니다

대궐지붕 위에서 기왓장내외
아름답던 옛날이 그리워선지
주름잡힌 얼굴을 어루만지며
물끄러미 하늘만 쳐다봅니다.

오줌싸개 지도

빨랫줄에 걸어 논
요에다 그린 지도는
지난밤에 내 동생
오줌싸서 그린 지도

꿈에 가본 엄마 계신
별나라 지돈가
돈 벌러간 아빠 계신
만주땅 지돈가

마람 부는 새벽에 상터 가시는
우리 아빠 뒷자취 보고 싶어서
춤을 발라 뚫어논 작은 창구멍
아롱 아롱 아침해 비치웁니다.

눈 나리는 저녁에 나무 팔러간
우리 아빠 오시나 기다리다가
혀 끝으로 뚫어논 작은 창구멍
살랑 살랑 찬바람 날아듭니다.

병   아   리

「뾰, 뾰, 뾰
엄마 젖 좀 주」
이것은 병아리 소리.

「꺽, 꺽, 꺽
오냐, 좀 기다려」
이것은 엄마닭 소리.

좀 있다가
병아리들은
젖 먹으려는지
엄마 품으로 다 들어갔지요.

고   향   집

- 만주에서 부른 -

헌짚신싹 끄을고
나여기 왜왔노
두만강을 건너서
쓸쓸한 이땅에

남쪽하늘 저밑엔
따뜻한 내고향
내어머니 계신곳
그리운 고향집.

조 개 껍 질

- 바닷물소리 듣고 싶어 -

아롱아롱 조개껍데기

울언니 바닷가에서

주어온 조개껍데기

여긴여긴 북쪽나라요

조개는 귀여운 선물

장난감 조개껍데기

데굴데굴 굴리며놀다
짝잃은 조개껍데기
한짝을 그리워하네

아릉아릉 조개껍데기
나처럼 그리워하네
물소리 바닷물소리

나는 고개길을 넘고 있었다……그때 세 소년 거지
가 나를 지나쳤다.

첫째 아이는 잔등에 바구니를 둘러메고, 바구니 속
에는 사이다병, 간즈메통, 쇳조각, 헌 양말짝 등 폐물
이 가득하였다.

둘째 아이도 그러하였다.

세째 아이도 그러하였다.

텁수룩한 머리털, 시커먼 얼굴에 눈물고인 충혈된
눈, 색 잃어 푸르스름한 입술, 너덜너덜한 남루, 찢겨
진 맨발,

아 — 얼마나 무서운 가난이 이 어린 소년들을 삼키
었느냐!

나는 측은한 마음이 움직이었다.

나는 호주머니를 뒤지었다. 두툼한 지갑, 시계, 손

수건……있을 것은 죄다 있었다.

그러나 무턱대고 이것들을 내줄 용기는 없었다. 손으로 만지작만지작 거릴 뿐이었다.

다정스레 이야기나 하리라 하고 "얘들아" 불러 모았다.

첫째 아이가 충혈된 눈으로 흘끔 돌아다 볼 뿐이었다.

둘째 아이도 그러할 뿐이었다.

셋째 아이도 그러할 뿐이었다.

그리고는 너는 상관없다는 듯이 자기네끼리 소근소근 이야기하면서 고개로 넘어갔다.

언덕 위에는 아무도 없었다.

짙어가는 황혼이 밀려들 뿐―

　번거롭던 사위가 잠잠해지고 시계소리가 또렷하나
보니 밤은 저윽이 깊을 대로 깊은 모양이다. 보던 책
자를 책상머리에 밀어 놓고 잠자리를 수습한 다음 잠
옷을 걸치는 것이다.「딱」스위치 소리와 함께 전등
을 끄고 창녘의 침대에 드러누우니 이때까지 밝은 휘
양찬 달밤이었던 것을 감각치 못하였댔다. 이것도 밝
은 전등의 혜택이었을까.

　나의 누추한 방이 달빛에 잠겨 아름다운 그림이 된
다는 것보담도 오히려 슬픈 선창이 되는 것이다. 창
살이 이마로부터 콧마루, 입술 이렇게 하여 가슴에
여민 손등에까지 어른거려 나의 마음을 간지르는 것
이다. 옆에 누운 분의 숨소리에 방은 무시무시해진
다. 아이처럼 황황해지는 가슴에 눈을 치떠서 밖을
내다보니 가을 하늘은 역시 맑고 우거진 송림은 한

폭의 묵화다. 달빛은 솔가지에 솔가지에 쏟아져 바람인 양 쏴 — 소리가 날 듯하다. 들리는 것은 시계소리와 숨소리와 귀또리 울음뿐 벅적거리던 기숙사도 절간보다 더 한층 고요한 것이 아니냐?

나는 깊은 사념에 잠기우기 한창이다. 딴은 사랑스런 아가씨를 사유할 수 있는 아름다운 상화도 좋고, 어린 적 미련을 두고 온 고향에의 향수도 좋거니와 그보담 손쉽게 표현 못할 심각한 그 무엇이 있다.

바다를 건너온 H군의 편지사연을 곰곰 생각할수록 사람과 사람 사이의 감정이란 미묘한 것이다. 감상적인 그에게도 필연코 가을은 왔나보다.

편지는 너무나 지나치지 않았던가. 그 중 한 토막,

「군아! 나는 지금 울며 울며 이 글을 쓴다. 이 밤도 달이 뜨고, 바람이 불고, 인간인 까닭에 가을이란 흙 냄새도 안다. 정의 눈물 따뜻한 예술학도였던 정의 눈물도 이 밤이 마지막이다.」

또 마지막 켠으로 이런 구절이 있다.

「당신은 나를 영원히 쫓아버리는 것이 정직할 것이오.」

나는 이 글의 뉘앙스를 해득할 수 있다. 그러나 사실 나는 그에게 아픈 소리 한 마디 한 일이 없고 서러운 글 한 쪽 보낸 일이 없지 아니한가. 생각컨대 이 죄는 다만 가을에게 지워 보낼 수밖에 없다.

홍안서생으로 이런 단안을 나리는 것은 외람한 일이나 동무란 한낱 괴로운 존재요 우정이란 진정코 위태로운 잔에 떠놓은 물이다. 이 말을 반대할 자 누구랴, 그러나 지기 하나 얻기 힘든다 하거늘 알뜰한 동무하나 잃어버린다는 것이 살을 베어내는 아픔이다.

나는 나를 정원에서 발견하고 창을 넘어 나왔다든가 방문을 열고 나왔다든가 왜 나왔느냐 하는 어리석은 생각에 두뇌를 괴롭게 할 필요는 없는 것이다. 다만 귀뚜라미 울음에도 수줍어지는 코스모스 앞에 그윽히 서서 딱터 삘링쓰의 동상 그림자처럼 슬퍼지면 그만이다. 나는 이 마음을 아무에게나 전가시킬 심보는 없다. 옷깃은 민감이어서 달빛에도 싸늘히 추워지고 가을 이슬이란 선득선득하여서 서러운 사나이의 눈물인 것이다.

빌길음은 톰뚱이를 옮겨 놋가에 세워줄 때 못 속에도 역시 가을이 있고, 삼경이 있고 나무가 있고, 달이 있다.(달이 있고……)

그 찰나 가을이 원망스럽고 달이 미워진다. 더듬어 돌을 찾아 달을 향하여 죽어라고 팔매질을 하였다. 통쾌! 달은 산산히 부서지고 말았다. 그러나 놀랐던 물결이 잦아들 때 오래잖아 달은 도로 살아난 것이 아니냐, 문득 하늘을 쳐다보니 얄미운 달은 머리 위에서 빈정대는 것을 ─

나는 꼿꼿한 나뭇가지를 고나 때를 째서 줄을 메워 훌륭한 활을 만들었다. 그리고 좀 탄탄한 갈대로 화살을 삼아 무사의 마음을 먹고 달을 쏘다. ─끝─

　밤이다.

　하늘은 푸르다 못해 농회색으로 캄캄하나 별들만
은 또렷또렷 빛난다. 침침한 어둠뿐만 아니라 오삭오
삭 춥다. 이 육중한 기류 가운데 자조하는 한 젊은이
가 있다. 그를 나라고 불러두자.

　나는 이 어둠에서 배태되고 이 어둠에서 생장하여
서 아직도 이 어둠 속에 그대로 생존하나 보다. 이제
내가 갈 곳이 어딘지 몰라 허우적거리는 것이다. 하
기는 나는 세기의 초점인 듯 초췌하다. 얼핏 생각하
기에는 내 바닥을 반듯이 받들어 주는 것도 없고 그
렇다고 내 머리를 갑박이 나려 누르는 아무것도 없는
듯하다마는 내막은 그렇지도 않다. 나는 도무지 자유
스럽지 못하다. 다만 나는 없는 듯 있는 하루살이처
럼 허공에 부유하는 한 점에 지나지 않는다. 이것이

하루살이처럼 경쾌하다면 마침 다행할 것인데 그렇지를 못하구나!

이 점의 대칭위치에 또 하나 다른 밝음의 초점이 도사리고 있는 듯 생각된다. 덥석 옮기었으면 집힐 듯도 하다.

만은 그것을 휘잡기에는 나 자신이 둔질이라는 것보다 오히려 내 마음에 아무런 준비도 배포치 못한 것이 아니냐. 그리고 보니 행복이란 별스런 손님을 불러들이기에도 또 다른 한 가닥 구실을 치르지 않으면 안 될까 보다.

이 밤이 나에게 있어 어린 적처럼 한낱 공포의 장막인 것은 벌써 흘러간 전설이요, 따라서 이 밤이 향락의 도가니라는 이야기도 나의 염두에선 아직 소화시키지 못할 돌덩이다. 오로지 밤은 나의 도전의 호적이면 그만이다.

이것이 생생한 관념세계에만 머무른다면 애석한 일이다. 어둠 속에 깜박깜박 조을며 다닥다닥 나란히

한 초가들이 아름다운 시의 화사가 될 수 있다는 것은 벌써 지나간 제너레이션의 이야기요, 오늘에 있어서는 다만 말 못하는 비극의 배경이다.

이제 닭이 홰를 치면서 맵짠 울음을 뽑아 밤을 쫓고 어둠을 짓내몰아 동켠으로 흰히 새벽이란 새로운 손님을 불러온다 하자. 하나 경망스럽게 그리 반가워할 것은 없다. 보아라 가령 새벽이 왔다 하더라도 이 마을은 그대로 암담하고 나도 그대로 암담하고 하여서 너나 나나 이 가랑지길에서 주저주저 아니치 못할 존재들이 아니냐.

나무가 있다.

그는 나의 오랜 이웃이요, 벗이다. 그렇다고 그와 내가 성격이나 환경이나 생활이 공통한 데 있어서가 아니다. 말하자면 극단과 극단 사이에도 애정이 관통할 수 있다는 기적적인 교분의 한 표본에 지나지 못할 것이다.

나는 처음 그를 퍽 불행한 존재로 가소롭게 여겼

다. 그의 앞에 설 때 슬퍼지고 측은한 마음이 앞을 가리곤 하였다. 만은 오늘 돌이켜 생각컨대 나무처럼 행복한 생물은 다시없을 듯하다. 굳음에는 이루 비길 데 없는 바위에도 그리 탐탁치는 못할망정 자양분이 있다 하거늘, 어디로 간들 생의 뿌리를 박지 못하며 어디로 간들 생활의 불평이 있을소냐. 칙칙하면 솔솔 솔바람이 불어오고, 심심하면 새가 와서 노래를 부르다 가고, 출출하면 한줄기 비가 오고, 밤이면 수많은 별들과 오손도손 이야기할 수 있고 ― 보다 나무는 행동의 방향이란 거추장스런 과제에 봉착하지 않고 인위적으로든 우연으로서든 탄생시켜준 자리를 지켜 무궁무진한 영양소를 흡취하고 영롱한 햇빛을 받아들여 손쉽게 생활을 영위하고 오로지 하늘만 바라고 뻗어질 수 있는 것이 무엇보다 행복스럽지 않으냐.

이 밤도 과제를 풀지 못하여 안타까운 나의 마음에 나무의 마음이 점점 옮아오는 듯하고, 행동할 수 있는 자랑을 자랑치 못함에 뼈저리는 듯하나 나의 젊은

선배의 웅변에 왈 선배도 믿지 못할 것이라니 그러면 영리한 나무에게 나의 방향을 물어야 할 것인가.

어디로 가야 하느냐, 동이 어디냐, 서가 어디냐, 남이 어디냐, 북이 어디냐, 아차! 저 별이 번쩍 흐른다. 별똥 떨어진 데가 내가 갈 곳인가 보다. 하면 별똥아! 꼭 떨어져야 할 곳에 떨어져야 한다.

개나리, 진달래, 앉은뱅이, 라일락, 민들레, 싸리,
복사, 들장미, 해당화, 모란, 릴리, 창포, 튜울립, 카
네이션, 봉선화, 백일홍, 채송화, 다알리아, 해바라
기, 코스모스 ─코스모스가 홀홀히 떨어지는 날 우
주의 마지막은 아닙니다. 여기에 푸른 하늘이 높아
지고, 빨간 노란 단풍이 꽃에 못지 않게 가지마다 물
들었다가 귀또리 울음이 끊어짐과 함께 단풍의 세계
가 무너지고, 그 위에 하룻밤 사이에 소복이 흰눈이
나려, 쌓이고 화로에는 빨간 숯불이 피어오르고 많
은 이야기와 많은 일이 이 화로가에서 이루어집니다.

독자제현! 여러분은 이 글이 씌어지는 때를 독특한
계절로 짐작해서는 아니 됩니다. 아니, 봄, 여름, 가
을, 겨울, 어느 철로나 상정하셔도 무방합니다. 사실
일년 내내 봄일 수는 없습니다. 하나 이 화원에는 사

철 내 봄이 청춘들과 함께 싱싱하게 등대하여 있다고 하면 과분한 자기선전일까요. 하나의 꽃밭이 이루어지도록 손쉽게 되는 것이 아니라 고생과 노력이 있어야 하는 것입니다.

딴은 얼마의 단어를 모아 이 졸문을 지적거리는 데도 내 머리는 그렇게 명석한 것은 못 됩니다. 한 해 동안을 내 두뇌로써가 아니라 몸으로써 일일이 헤아려 겨우 몇 줄의 글이 이루어집니다. 그리하여 나에게 있어 글을 쓴다는 것이 그리 즐거운 일일 수는 없습니다. 봄바람이 고민에 짜들고, 녹음의 권태에 시들고, 가을하늘 감상에 울고, 노변의 사색에 졸다가 이 몇 줄의 글과 나의 화원과 함께 나의 일년은 이루어집니다.

시간을 먹는다는 (이 말의 의의와 이 말의 묘미는 칠판 앞에서 보신 분과 칠판 밑에 앉아보신 분은 누구나 아실 것입니다.) 것은 확실히 즐거운 일임에 틀림없습니다. 하루를 휴강한다는 것보다,(하긴 슬그머니 깨먹어버리면 그만이지만) 다못 한 시간, 예습, 숙제를 못해 왔다든가, 따분하고 졸리고 한 때, 한 시간의 휴강은 진실로 살로 가는 것이어서, 만일 교수가 불편히어 못 나오셨다고 하더라도 미처 우리들의 예의를 갖출 사이가 없는 것입니다.

그러나 이것을 우리들의 망발과 시간의 낭비라고 속단하셔서 아니 됩니다. 여기에 화원이 있습니다. 한 포기 푸른 풀과 한 떨기의 붉은 꽃과 함께 웃음이 있습니다. 노―트장을 적시는 것보다, 한우충동에 묻혀 글줄과 씨름하는 것보다 더 명확한 진리를 탐구할 수 있을는지 보다 더 많은 지식을 획득할 수 있을는지 보다 더 효과적인 성과가 있을지를 누가 부인하겠습니까.

나는 이 귀한 시간을 슬그머니 동무들을 떠나서 단 혼자 화원에 거닐 수 있습니다. 단 혼자 꽃들과 풀들과 이야기할 수 있다는 것이 얼마나 다행한 일이겠습니까. 참말 나는 온정으로 이들을 대할 수 있고 그들은 웃음으로 나를 맞아줍니다. 그 웃음을 눈물로 대한다는 것은 나의 감상일까요, 고독, 정적도 확실히 아름다운 것임에 틀림이 없으나, 여기에 또 서로 마음을 주는 동무가 있는 것도 다행한 일이 아닐 수 없습니다. 우리 화원 속에 모인, 동무들 중에, 집에 학비를 청구하는 편지를 쓰는 날 저녁이면 생각하고 생각하든 끝 겨우 몇 줄 써보낸다는 A군, 기뻐해야 할 서류(통칭 월급봉투)를 받아든 손이 떨린다는 B군, 사랑을 위하여서는 밥맛을 잃고 잠을 잊어버린다는 C군, 사상적 당착에 자살을 기약한다는 D군···· 나는 이 여러 동무들의 갸륵한 심정을 내 것인 것처럼 이해할 수 있습니다. 서로 너그러운 마음으로 대할 수 있습니다.

나는 세계관, 인생관, 이런 좀 더 큰 문제보다 바람과 구름과 햇빛과 나무와 우정, 이런 것들에 더 많이 괴로워해 왔는지도 모르겠습니다. 단지 이 말이 나의 역설이나, 나 자신을 흐리우는 데 지날 뿐일까요.

일반은 현대 학생도덕이 부패했다고 말합니다. 스승을 섬길 줄을 모른다고들 합니다. 옳은 말씀들입니다. 부끄러울 따름입니다. 하나 이 결함을 괴로워하는 우리들 어깨에 시워 광야로 내쫓아 버려야 하나요, 우리들의 아픈 데를 알아주는 스승, 우리들의 생채기를 어루만져주는 따뜻한 세계가 있다면 박탈된 도덕일지언정 기울여 스승을 진심으로 존경하겠습니다. 온정의 거리에서 원수를 만나면 손목을 붙잡고 목놓아 울겠습니다.

세상은 해를 거듭, 포성에 떠들썩하건만 극히 조용한 가운데 우리들 동산에서 서로 융합할 수 있고 이해할 수 있고 종전의 □□가 있는 것은 시세의 역효과일까요.

봄이 가고, 여름이 가고, 가을, 코스모스가 홀홀히 떨어지는 날 우주의 마지막은 아닙니다. 단풍의 세계가 있고, ― 이상이견빙지(履霜而堅氷至) ― 서리를 밟거든 얼음이 굳어질 것을 각오하라 ― 가 아니라,

우리는 서릿발에 끼친 낙엽을 밟으면서 멀리 봄이 올 것을 믿습니다.

노변에서 많은 일이 이루어질 것입니다.

종점이 시점이 된다. 다시 시점이 종점이 된다.

아침, 저녁으로 이 자국을 밟게 되는 데 이 자국을 밟게 된 연유가 있다. 일찍이 서산대사가 살았을 듯한 우거진 송림 속, 게다가 덩그러시 살림집은 외따로 한 채뿐이었으나 식구로는 굉장한 것이어서 한 지붕 밑에서 팔도 사투리를 죄다 들을 만큼 모아놓은 미끈한 장정들만이 욱실욱실하였다. 이곳에 법령은 없었으나 여인 금납구였다. 만일 강심장의 여인이 있어 불의의 침입이 있다면 우리들의 호기심을 저윽이 자아내었고, 방마다 새로운 화제가 생기곤 하였다. 이렇듯 수도생활에 나는 소라 속처럼 안도하였던 것이다.

사건이란 언제나 큰 데서 동기가 되는 것보다 오히려 적은 데서 더 많이 발작하는 것이다.

눈 온 날이었다. 동숙하는 친구의 친구가 한 시간 남짓한 문안 들어가는 차시간까지를 낭비하기 위하여, 나의 친구를 찾아 들어와서 하는 대화였다.

「자네 여보게 이집 귀신이 되려나?」

「조용한 게 공부하기 작히나 좋잖은가.」

「그래 책장이나 뒤적뒤적하면 공분 줄 아나. 전차 간에서 내다볼 수 있는 광경, 정거장에서 맛볼 수 있는 광경, 다시 기차 속에서 대할 수 있는 모든 일들이 생활 아닌 것이 없거든. 생활 때문에 싸우는 이 분위기에 잠겨서, 보고, 생각하고, 분석하고, 이거야말로 진정한 의미의 교육이 아니겠는가. 여보게! 자네 책장만 뒤지고 인생이 어드렇니 사회가 어드렇니 하는 것은 16세기에서나 찾아볼 일일세. 단연 문안으로 나오도록 마음을 돌리게.」

나한테 하는 권고는 아니었으나 이 말에 귀틈 뚫려 상푸둥 그러리라고 생각하였다. 비단 여기만이 아니라 인간을 떠나서 도를 닦는다는 것이 한낱 오락이요, 오락이매 생활이 될 수 없고, 생활이 없으매 이 또한 죽은 공부가 아니랴. 하야 공부도 생활화하여야 되리라 생각하고 불일내에 문안으로 들어가기를 내심으로 단정해 버렸다. 그 뒤 매일같이 이 자국을 밟게 된 것이다.

나만 일찍이 아침거리의 새로운 감촉을 맛볼 줄만 알았더니 벌써 많은 사람들의 발자욱에 포도는 어수선할 대로 어수선했고, 정류장에 머물 때마다 이 많은 무리를 죄다 어디 갖다 터뜨릴 심산인지 꾸역꾸역 자꾸 박아 싣는데, 늙은이, 젊은이, 아이 할 것 없이 손에 꾸러미를 안 든 사람은 없다. 이것이 그들 생활의 꾸러미요, 동시에 권태의 꾸러미인지도 모르겠다.

이 꾸러미를 든 사람들의 얼굴을 하나하나씩 뜯어 보기로 한다. 늙은이 얼굴이란 너무 오래 세파에 짜들어서 문제도 안 되겠거니와 그 젊은이들 낯짝이란 도무지 말씀이 아니다. 열이면 열이 다 우수 그것이요, 백이면 백이 다 비참 그것이다. 이들에게 웃음이란 가물에 콩싹이다. 필경 귀여우리라는 아이들의 얼굴을 보는 수밖에 없는데 아이들의 얼굴이란 너무나 창백하다. 혹시 숙제를 못해서 선생한테 꾸지람들을 것이 걱정인지 풀이 죽어 쭈그러뜨린 것이 활기란 도무지 찾아 볼 수 없다. 내 상도 필연코 그 꼴일 텐데 내 눈으로 그 꼴을 보지 못하는 것이 다행이다. 만일 다른 사람의 얼굴을 보듯 그렇게 자주 내 얼굴을 대한다고 할 것 같으면 벌서 요사하였을는지도 모른다.

나는 내 눈을 의심하기로 하고 단념하자!

차라리 성벽 위에 펼친 하늘을 쳐다보는 편이 더 통쾌하다. 눈은 하늘과 성벽 경계선을 따라 자꾸 달리는 것인데 이 성벽이란 현대로써 캄플라지한 옛 금성이다. 이 안에서 어떤 일이 이루어졌으며 어떤 일이 행하여지고 있는 지 성 밖에서 살아 왔고 살고 있는 우리들에게는 알 바가 없다. 이제 다만 한 가닥 희망은 이 성벽이 끊어지는 곳이다.

기대는 언제나 크게 가질 것이 못되어서 성벽이 끊

어지는 곳에 총독부, 도청무슨 참고관, 체신국, 신문사, 소방조, 무슨 주식회사, 부청, 양복점, 고물상 등 나란히 하고 연달아 오다가 아이스케이크 간판에 눈이 잠깐 머무는데 이 놈을 눈 나린 겨울에 빈집을 지키는 꼴이라든가, 제 신분에 맞지 않는 가게를 지키는 꼴을 살짝 필름에 올리어 본달 것 같으면 한 폭의 고등 풍자만화가 될 터인데 하고 나는 눈을 감고 생각하기로 한다. 사실 요즈음 아이스케이크 간판 신세를 면치 아니치 못할 자 얼마나 되랴. 아이스케이크 간판은 정열에 불타는 염서가 진정코 아수롭다.

눈을 감고 한참 생각하느라면 한 가지 꺼리끼는 것이 있는데 이것은 도덕률이란 거추장스러운 의무감이다. 젊은 녀석이 눈을 딱 감고 버티고 앉아 있다고 손가락질하는 것 같아 번쩍 눈을 떠본다. 하나 가차이 자선할 대상이 없음에 자리를 잃지 않겠다는 심정보다 오히려 아니꼽게 본 사람이 없었으리란 데 안심이 된다.

이것은 과단성 있는 동무의 주장이지만 전차에서 만난 사람은 원수요, 기차에서 만난 사람은 지기라는 것이다. 딴은 그러리라고 얼마큼 수긍하였댔다. 한자리에서 몸을 비비적거리면서도 「오늘은 좋은 날씨올시다.」 「어디서내리시나요」쯤의 인사는 주고받을 법한데, 일언반구 없이 뚱한 꼴들이 작히나 큰 원수를 맺고 지내는 사이들 같다.

만일 상냥한 사람이 있어 요만쯤의 예의를 밟는다고 할 것 같으면, 전차 속의 사람들은 이를 정신이상자로 대접할 게다. 그러나 기차에서는 그렇지 않다. 명함을 서로 바꾸고 고향 이야기, 행방이야기를 꺼리낌없이 주고받고 심지어 남의 여로를 자기의 여로인 것처럼 걱정하고, 이 얼마나 다정한 인생행로냐.

이러는 사이에 남대문을 지나쳤다. 누가 있어 자네 매일같이 남대문을 두 번씩 지날 터인데 그래 늘 보곤 하는가라는 어리석은 듯한 멘탈 테스트를 낸다면은 나는 아연해지지 않을 수 없다. 가만히 기억을 더

듬어 본달 것 같으면 늘이 아니라 이 자국을 밟은 이래 그 모습을 한번이라도 쳐다본 적이 있었던 것 같지 않다. 하기는 그것이 나의 생활에 긴한 일이 아니매 당연한 일일 게다. 하나 여기에 하나의 교훈이 있다. 회수가 너무 잦으면 모든 것이 피상적이 되어버리나니라.

이것과는 관련이 먼 이야기 같으나 무료한 시간을 까기 위하여 한 마디 하면서 지나가자.

시골서는 제로라고 하는 양반이었던 모양인데 처음 서울 구경을 하고 돌아가서 며칠동안 배운 서울 말씨를 섣불리 써가며 서울 거리를 손으로 형용하고 말로서 떠벌여 옮겨 놓더란데, 정거장에 턱 내리니 앞에 고색이 창연한 남대문이 반기는 듯 가로 막혀 있고, 총독부집이 크고, 창경원에 백 가지 금수가 봄직했고 덕수궁의 옛 궁전이 회포를 자아냈고, 화신 승강기는 머리가 힁— 했고, 본정엔 전등이 낮처럼 밝은데 사람이 물 밀리듯 밀리고, 전차란 놈이 윙윙

소리를 지르며 지르며 연달아 달리고 — 서울이 자기 하나를 위하여 이루어진 것처럼 우쭐했는데 이것쯤은 있을 듯한 일이다. 한데 게도 방정꾸러기가 있어

「남대문이란 현판이 참 명필이지요.」

하고 물으니 대답이 걸작이다.

「암 명필이구말구. 남자 대자 문자 하나 하나 살아서 막 꿈틀거리는 것 같데.」

어느 모로나 서울자랑 하려는 이 양반으로서는 가당한 대답일 게다. 이분에게 아현 고개 막바지기에, — 아니 치벽한 데 말고 — 가차이 종로 뒷골목에 무엇이 있던가를 물었더라면 얼마나 당황해 했으랴.

나는 종점을 시점으로 바꾼다.

내가 내린 곳이 나의 종점이요, 내가 타는 곳이 나의 시점이 되는 까닭이다. 이 짧은 순간 많은 사람 사이에 나를 묻는 것인데 나는 이네들에게 너무나 피상적이 된다. 나의 휴머니티를 이네들에게 발휘해낸다는 재주가 없다. 이네들의 기쁨과 슬픔과 아픈 데를

나로서는 측량한다는 수가 없는 까닭이다. 너무 막연하다. 사람이란 회수가 잦은 데와 양이 많은 데는 너무나 쉽게 피상적이 되나보다. 그럴수록 자기 하나 간수하기에 분망하나보다.

시그널을 밟고 기차는 왱— 떠난다. 고향으로 향한 차도 아니건만 공연히 가슴은 설렌다. 우리 기차는 느릿느릿 가다 숨차면 가정거장에서도 선다. 매일같이 웬 여자들인지 주룽주룽 서 있다. 제마다 꾸러미를 안았는데 예의 그 꾸러미인 듯 싶다. 다들 방년된 아가씨들인데 몸매로 보아 하니 공장으로 가는 직공들은 아닌 모양이다. 얌전히들 서서 기차를 기다리는 모양이다. 판단을 기다리는 모양이다.

하나 경망스럽게 유리창을 통하여 미인판단을 내려서는 안 된다. 피상법칙이 여기에도 적용될지 모른다. 투명한 듯하나 믿지 못할 것이 유리다. 얼굴을 찌깨놓은 듯이 한다든가 이마를 좁다랗게 한다든가 코를 말코로 만든다든가 턱을 조개턱으로 만든다든가

하는 악희를 유리창이 때때로 감행하는 까닭이다.

판단을 내리는 자에게는 별반 이해관계가 없다손 치더라도 판단을 받는 당자에게 오려던 행운이 도망 갈는지를 누가 보장할소냐. 여하간 아무리 투명한 꺼풀일지라도 깨끗이 벗겨버리는 것이 마땅할 것이다.

이윽고 터널이 입을 벌리고 기다리는데 거리 한가운데 지하철도도 아닌 터널이 있다는 것이 얼마나 슬픈 일이냐. 이 터널이란 인류역사의 암흑시대요, 인생행로의 고민상이다. 공연히 바퀴소리만 요란하다. 구역날 악질의 연기가 스며든다. 하나 미구에 우리에게 광명의 천지가 있다.

터널을 벗어났을 때 요즈음 복선공사에 분주한 노동자들을 볼 수 있다. 아침 첫차에 나갔을 때에도 일하고 저녁 늦차에 들어올 때에도 그네들은 그대로 일하는데 언제 시작하여 언제 그치는지 나로서는 헤아릴 수 없다. 이네들이야말로 건설의 사도들이다. 땀과 피를 아끼지 않는다.

그 육중한 도락구를 밀면서도 마음만은 요원한 데 있어 도락구 판장에다 서투른 글씨로 신경행이니 북경행이니 남경행이니 라고 써서, 타고 다니는 것이 아니라 밀고 다닌다. 그네들의 마음을 엿볼 수 있다. 그것이 고력에 위안이 안 된다고 누가 주장하랴.

이제 나는 곧 종시를 바꿔야 한다. 하나 내 차에도 신경행, 북경행, 남경행을 달고 싶다. 세계일주행이 라고 달고 싶다. 아니 그보다 진정한 내 고향이 있다면 고향행을 달겠다. 다음 도착하여야 할 시대의 정 거장이 있다면 더 좋다.

1917. 12. 30.

만주 간도성 화룡현 명동촌에서 아버지 윤영석과 어머니 김용의 맏아들로 출생. 아명 해환(海煥).

1925. 4. 4.

명동 소학교에 입학. 같은 학년에 고종사촌 송몽규, 당숙 윤영선, 외사촌 김정우, 문익환 등이 있었다.

1927.

명동소학교 5학년 때 급우들과 함께 《새 명동》이라는 등사 잡지를 만든다.

1931. 3. 15.

명동소학교 졸업. 학교에서 졸업생 14명에게 김동환 시집 《국경의 밤》을 선물한다. 명동소학교 졸업 후 송몽규, 김정우와 함께 명동에서 조금 떨어진 곳에 있는 중국인 소학교 화룡 헌립 제일소학교 고등과에 편입해 1년간 수학.

1932. 4.

용정 기독교계 은진중학교에 송몽규, 문익환과 입학.
명동에서 20리 정도 떨어진 이곳으로 통학하는 윤동주
를 위해 가족 모두가 용정으로 이사한다.

1934. 12. 24.

〈초 한 대〉, 〈삶과 죽음〉, 〈내일은 없다〉 등 3편의 시를
쓰다. 이는 오늘날 찾아볼 수 있는 윤동주의 최초 작품
이며 이때부터 자기 시 작품에 시작(詩作) 날짜를 기록
하고 있다.

1935. 9. 1.

은진중학교 4학년 1학기를 마치고 평양 숭실중학교 3
학년 2학기로 편입.

1935. 10.

숭실학교 YMCA 문예부에서 내던 《숭실활천》 제15호
에 〈공상〉이 실려 그의 시가 처음으로 활자화.

1936. 3.

숭실학교에 대한 신사참배 강요에 항의해 자퇴하고 고
향 용정으로 돌아와 5년제인 광명학원 중학부 5학년
에 편입.

1936. 11.-12.

간도 연길에서 발행되던 《카톨릭 소년》에 동시〈병아리〉(11월호)와 〈빗자루〉(12월호)를 윤동주(尹東柱)란 이름으로 발표.

1937.

《카톨릭 소년》에 동시 〈오줌싸개지도〉(1월호), 〈무얼 먹고 사나〉(3월호)를 윤동주(尹東柱)란 이름으로, 〈거짓부리〉(10월호)를 윤동주(尹東柱)란 이름으로 각기 발표. 동주(童舟)라는 필명은 이 때 처음 사용한다.

1937. 8.

100부 한정판으로 발행된 《백석시집:사슴》을 구할 길이 없자 필사해 소장한다.

1937. 9.

진로 문제로 문학을 희망하는 윤동주와 의학을 선택하라는 아버지 윤영석이 갈등하나 할아버지 윤하연의 권유로 아버지가 양보해 문학에 진학하기로 한다.
《영랑시집》을 정독하다.

1938. 2. 17.

광명중학교 5학년 졸업.

1938. 4. 9.

서울 연희전문학교 문과 입학, 기숙사 생활 시작.

송몽규도 윤동주와 연희전문학교에 입학하다.

외솔 최현배 선생에게 조선어를 배우고 이양하 교수에게서 영시를 배운다.

1939.

조선일보 학생란에 산문 〈달을 쏘다〉(1. 23), 시 〈유언〉(2. 6), 〈아우의 印象畵〉(10. 17)를 윤동주(尹東柱)와 윤주(尹柱)라는 이름으로 발표.

1939. 3.

동시 〈산울림〉을 《소년》 3월호에 윤동주(尹東柱)란 이름으로 발표. 새로 연희전문에 입학한 하동 학생 정병욱(1922-1982)을 알게 되어 친해진다. 정병욱과 함께 이화여전 구내 협성교회에 다니며 영어 성서반에 참석한다. 이 무렵 릴케, 발레리, 지드 같은 작가들의 작품을 탐독하며, 프랑스어를 독습한다.

1941. 5.

정병욱과 함께 기숙사에서 나와 종로구 누상동 9번지의 소설가 김송의 집에서 하숙하기 시작.

김송과는 하숙생이 되면서 우연히 알게 된다.

1941. 6. 5.

연희전문학교 문과에서 발행하는 《문우(文友)》에 〈우물 속의 自畵像〉, 〈새로운 길〉을 발표.

1941. 9.

요시찰인 김송과 학생들에 대한 일본 경찰의 주목이 심해 그곳을 나와 북아현동의 전문 하숙집으로 들어간다. 서정주의 《화사집》을 즐겨 읽다.

1941. 12. 27.

전시 학제 단축으로 3개월 앞당겨 연희전문학교 4학년 졸업.

졸업 기념으로 19편의 작품을 모아 자선시집(自選詩集) 《하늘과 바람과 별과 詩》를 77부 한정판으로 출간하려 했으나 당시 흉흉한 세상을 걱정한 주변인들의 만류로 뜻을 이루지 못한다. 시집을 3부 작성해 한 부는 자신이 가지고, 이양하 선생과 정병욱에게 1부씩 증정한다.

본래 이 자선시집의 제목은 '병원'이었으나 〈서시(序詩)〉를 쓴 후 바꾸었다. '병원'은 병든 사회를 치유한다는 상징적인 의미였다. 윤동주의 도일 수속을 위해 '히라누마'로 창씨개명.

1942. 1. 24.

고국에서 쓴 마지막 작품이 된 시 〈참회록〉을 쓰다.

1942. 4. 2.

도쿄 릿쿄(立敎)대학 문학부 영문과 선과에 입학. 송몽규는 교토 제국대학 서양사학과에 입학한다.

1942. 4.-6.

〈쉽게 씌어진 詩〉 등 이때 쓴 시 5편을 서울의 친구에게 보내다. 오늘날 볼 수 있는 윤동주의 마지막 작품이다.

여름방학에 마지막으로 고향에 다녀가다.

동생들에게 "우리말 인쇄물이 앞으로 사라질 것이니 악보까지라도 사서 모으라"고 당부하다.

1942. 10. 1.

교토 도시샤(同志社)대학 영문학과 선과에 편입.

1943. 7. 10.

송몽규가 교토 시모가모 경찰서에 독립운동 혐의로 검거된다.

1943. 7. 14.

고향에 가려고 준비하던 윤동주도 송몽규와 같은 혐의

로 검거되고 많은 책과 작품, 일기가 압수된다.

당숙 윤영춘이 교토로 윤동주를 면회하러 가서 윤동주가 일본 형사와 대좌해 우리말 작품과 일기를 일어로 번역하고 있는 것을 목격한다.

1944. 3. 31.
교토지방재판소에서 〈독립운동〉 죄목으로 2년형을 언도받다.

1944. 4. 13.
송몽규 역시 같은 죄목으로 2년형 언도받고 윤동주와 송몽규는 이후 큐슈 후쿠오카 형무소에 수감되다.

1945. 2. 16.
큐슈 후쿠오카 형무소에서 별이 되다.